CW01072629

P.-É.-Raymond Peyre

Comment reconnaître l'acide sulfurique, tenant de l'indigo en dissolution? Quelles sont les parties du corps, dans lesquelles la peau offre le plus de vascularité?

De toutes les variétés des hernies étranglées, quelle est la plus dangereuse? De l'angine gutturale diphthéritique. Thèses présentées et publiquement soutenues à la Faculté de Médecine de Montpellier, le 5 février 1838, pour obtenir le grade de docteur en médecine.

P.-É.-Raymond Peyre

Comment reconnaître l'acide sulfurique, tenant de l'indigo en dissolution? Quelles sont les parties du corps, dans lesquelles la peau offre le plus de vascularité?

De toutes les variétés des hernies étranglées, quelle est la plus dangereuse? De l'angine gutturale diphthéritique. Thèses présentées et publiquement soutenues à la Faculté de Médecine de Montpellier, le 5 février 1838, pour obtenir le grade de docteur en médecine.

Réimpression inchangée de l'édition originale de 1838.

1ère édition 2024 | ISBN: 978-3-38509-504-5

Verlag (Éditeur): Outlook Verlag GmbH, Zeilweg 44, 60439 Frankfurt, Deutschland
Vertretungsberechtigt (Représentant autorisé): E. Roepke, Zeilweg 44, 60439 Frankfurt, Deutschland
Druck (Imprimerie): Libri Plureos GmbH, Friedensallee 273, 22763 Hamburg, Deutschland

Comment reconnaître l'acide sulfurique, tenant de l'indigo en dissolution?

Quelles sont les parties du corps, dans lesquelles la peau offre le plus de vascularité?

De toutes les variétés des hernies étranglées, quelle est la plus dangereuse?

De l'angine gutturale diphthéritique.

THÈSES

ÉSENTÉES ET PUBLIQUEMENT SOUTENUES A LA FACULTÉ
DE MÉDECINE DE MONTPELLIER, LE 5 FÉVRIER 1838.

Par P.-É.-RAYMOND **PEYRE** ;

de Castres, (TARN).

Membre Titulaire du Cercle Médical.

UR OBTENIR LE GRADE DE DOCTEUR EN MÉDECINE.

MONTPELLIER;

Chez X. JULLIEN, Imprimeur, place Marché
aux Fleurs, 2.

1838.

A MON PÈRE

ET

A MA MÈRE.

R. PEYRE.

PREMIÈRE QUESTION.

SCIENCES ACCESSOIRES.

N° 6. *Comment reconnaître l'Acide sulfurique, tenant de l'indigo en dissolution ?*

Si l'on fait digérer à froid du marc bleu d'indigo dans de l'acide sulfurique très-étendu d'eau, il n'est pas dissout, et le seul effet qui résulte de cette opération, est la dissolution des impuretés, qui accompagnent toujours la matière colorante; (1) mais si l'on mêle ensemble une partie d'indigo et huit parties d'acide sulfurique concentré, la température du mélange s'élève d'une manière très-sensible, et au bout de vingt-quatre heures, l'indigo est complètement dissout. M. Raspail, prétend cepen-

---

(1) Bergman a trouvé l'indigo du commerce, composé de 47 parties d'indigo pur, 12 de gomme, 6 de résine 22 de terre, 13 d'oxide de fer. Chevreul y a aussi découvert une matière verte que Raspail croit être de la clorophyle.

dant que cette dissolution n'est qu'apparente.
» L'indigo, dit-il, se désagrège et paraît se dis-
soudre à la faveur de la suspension de ses
molécules colorantes et de la dissolution des
substances étrangères qui l'accompagnent. » Des
expériences microscopiques lui ont démontré
la vérité de cette assertion (1).

Quoiqu'il en soit, le liquide qui nous occupe,
connu sous le nom de *bleu liquide*, *bleu de
composition*, *sulfate d'indigo*, se présente sous
la forme d'une liqueur plus ou moins bour-
beuse, noire lorsqu'elle contient de l'indigo
en grande proportion, d'un beau bleu foncé,
lorsque celui-ci s'y trouve en moindre quantité.
L'intensité de cette couleur est telle, qu'une
seule goutte de sulfate d'indigo, suffit pour
colorer en bleu plusieurs litres d'eau.

Le bleu liquide, rougit fortement la teinture
de tournesol, précipite en blanc le nitrate de
baryte, mêlé à l'eau, en élève la température, et jouit, en un mot de toutes les propriétés de l'acide qui entre dans sa composition.

Lorsqu'on verse une certaine quantité de
sulfate d'indigo dans la dissolution aqueuse d'un
carbonnate alcalin quelconque, il se précipite

---

(1) Raspail, nouveaux éléments de chimie organique,
p. 476.

au fond du vase une poudre bleue très-fine,
qui se dépose lentement et que l'on appelle *Indigo précipité.* Le même produit s'obtient en
versant goutte à goutte du bleu de composition
dans l'alcool et dans les dissolutions saturées
d'alun, de sulfate de soude, ou de quelques
autres sels, contenant de l'acide sulfurique ; mais
dans ce cas, la liqueur conserve une teinte
bleue (1).

Si l'on traite l'indigo précipité par l'acide hydrochlorique, celui-ci le dissout et la liqueur
est d'un bleu foncé, tandis qu'il n'a aucune action
sur l'indigo du commerce. Les mêmes phénomènes s'obtiennent au moyen des acides phos-
phorique, acétique et tartrique (2).

Propriétés essentielles. Les recherches de Bergman, touchant les effets de divers réactifs chimiques sur le bleu de composition, ont démontré
que toutes les substances, jouissant d'une très-
grande affinité pour l'oxigène, ont la propriété
de le décolorer. L'indigo prend d'abord une
teinte verte, qui passe au jaune dans quelques
cas et finit même quelquefois par disparaître
entièrement. La couleur bleue est donc due à
l'oxigène, qui s'y trouve dans une certaine proportion. Celle-ci diminuant ou augmentant, la

---

(1) Berthollet. Elémens de la teinture, tom. II, pag 45.
(2) Thomson. Système de chimie, tom. IV. pag. 106.

teinte caractéristique de l'indigo est détruite. Du reste, les draps teints avec cette substance, sont verts en sortant de la cuve, et ne prennent la couleur bleue que par l'effet de l'exposition à l'air.

Réactifs propres à faire connaître le bleu liquide. Voici le précis des expériences de Bergman, sur le sulfate d'indigo.

1° L'acide sulfureux le fait d'abord verdir et finit par le décolorer complètement.

2° Les acides tartrique et acétique le font passer au vert et le décolorent ensuite, mais cette décoloration est moins prompte.

3° L'acide nitrique le décompose: mais affaibli, son action est nulle.

4° Dans les dissolutions convenablement affaiblies de potasse, de soude, d'ammoniaque, et de leurs carbonates, il devient vert et perd ensuite sa couleur.

5° Dans une faible dissolution de sulfate de soude et de tartrate de potasse, sa couleur devient verte au bout de quelques semaines.

6° Dans le nitrate de potasse, les hydrochlorates de soude et d'ammoniaque, l'alun et le sulfate de cuivre, il n'éprouve aucun changement.

7° Le péroxide de manganèse détruit complètement sa couleur.

8° Il devient vert dans une dissolution de sucre.

9° Les sulfures détruisent sa couleur bleue

très-promptement, à l'exception des sulfures
rouge et jaune d'arsenic qui n'y produisent
aucun changement.

10° Dans l'infusion de garance et dans celle de
gaude, la couleur passe d'abord au vert et ensuite au jaune, mais beaucoup plus rapidement
dans le second cas que dans le premier (1).

Si l'on verse de l'eau d'hydrogène sulfuré sur
la dissolution d'indigo, tellement étendue qu'elle
n'est colorée que très-légèrement, on voit cette
couleur disparaître; mais quelques gouttes de
chlore liquide la rétablissent (2).

On peut donc remarquer comme nous l'avons
déjà dit, que les substances très-avides d'oxigène ou celles qui le cèdent avec facilité,
comme le péroxide de manganèse, décolorent
l'indigo; mais dans le second cas, la couleur ne
peut être rétablie, ni par l'exposition à l'air, ni
par des réactifs chimiques (3).

Action sur l'économie. L'indigo pur est un corps
insipide, inodore et complètement inerte sur
l'économie, mais sa dissolution dans l'acide sulfurique jouit de propriétés très-délétères et
analogues à celles de cet acide concentré. Dans

---

(1) Bergman, tom. V. pag. 8.
(2) Berthollet, ouvrage cité, tom. II, pag. 49.
(3) Tromson, ouvrage cité, tom. IV, pag. 106.

les deux cas, même sentiment de brûlure, de cautérisation, dans la bouche et le pharynx mêmes douleurs atroces de la part de l'estomac et des intestins. Le pouls est à peine perceptible, les membres froids, la face altérée d'une manière effrayante, et la mort au bout de deux, quatre ou six heures vient mettre un terme à cette cruelle agonie, à moins que de prompts secours ne soient administrés.

Dans l'empoisonnement par le sulfate d'indigo, les vomissements ont une teinte bleuâtre et les selles ainsi que les urines présentent quelquefois la même coloration ; d'où il paraîtrait résulter qu'il est absorbé (1).

Traitement. Les antidotes contre ce poison sont toutes les substances capables de former, avec l'acide sulfurique, des composés inertes : telles sont les dissolutions convenablement affaiblies de chaux, de soude, de potasse, l'eau de savon et surtout la magnésie calcinée. Un traitement local antiphlogistique sera employé sur les organes malades. Mais les émissions sanguines trop abondantes sont à redouter; elles laissent prédominer l'irritation nerveuse, qui use les forces, et hâtent ainsi la mort du sujet (2).

---

(1) Devergie. Médecine légale, tom. II, pag. 577.
(2) Idem.

Les altérations organiques trouvées après la mort sont toutes celles qui résultent de l'ingestion des acides concentrés : des cautérisations plus ou moins étendues de la bouche, du pharynx, et de l'œsophage, des perforations de l'estomac, la destruction de ses membranes muqueuses et musculaire (la tunique péritonéale persistant seule,) des injections partielles ou générales des intestins et du péritoine, la coagulation du sang dans les vaisseaux, etc., etc.

Analyse des matières. Les matières des vomissements, ou celles que l'on trouvera encore renfermées dans l'estomac, devront être essayées par les agents chimiques capables de décéler la présence de l'acide sulfurique et en outre par les divers réactifs, qui ont une action spéciale sur le bleu liquide, et que nous avons déjà signalés.

DEUXIÈME QUESTION.

ANATOMIE ET PHYSIOLOGIE.

Nº 423. *Quelles sont les parties du corps dans lesquelles la peau offre le plus de vascularité ?*

Considérations sur la vascularité de la peau en général. Après les muqueuses, la peau qui a avec elles de si grandes analogies de structure et de fonctions est, sans contredit, la partie la plus vasculaire du corps humain (1). Une multitude innombrable de vaisseaux se divisent et se ramifient à mesure qu'ils pénètrent l'épaisseur du derme, et leurs dernières divisions prodigieusement multipliées viennent à sa surface externe entourer les papilles nerveuses et former en se réunissant un réseau à mailles très-serrées, siège d'un grand nombre d'affections. Ce lacis inextricable, pour ne pas être toujours apparent n'en existe pas moins partout, et quoique les anciens ne crussent pas que le système circulatoire étendit ses dernières ramifications au delà du derme, il n'en est pas moins bien démontré que les vaisseaux sanguins existent là où la simple inspection ne peut les faire appercevoir. Dans toute circonstance les molécules colorantes du sang ne les traversent pas en assez grand nombre pour les rendre apparents, mais mille causes diverses peuvent modifier leur vitalité de manière à les rendre accessibles à une plus grande quantité de liquide

---

(1) Béclard n'hésite pas à dire que la peau offre la disposition erectile à des degrés différents dans toute son étendue, et l'on sait que le tissu erectile consiste en des terminaisons de vaisseaux sanguins qui, au lieu d'avoir la ténuité capillaire, ont beaucoup plus d'ampleur et jouissent d'une plus grande extensibilité.

et ce que l'état de santé ne pouvait faire voir, la maladie le démontre. Frottez violemment la peau, appliquez sur elle un corps irritant, soumettez-la à une température inusitée, soudain la sensibilité du réseau vasculaire sera modifiée, exaltée; les globules cruoriques afflueront maintenant dans ces mêmes vaisseaux, où ils ne manifestaient pas leur passage, et la partie deviendra le siège d'une rougeur proportionnée, quant à son étendue et à son intensité, à la violence de l'irritation.

Et ce n'est pas seulement une irritation du dehors, qui peut produire dans les capillaires de la peau cette congestion dont nous parlons. Que par une cause quelconque, le cœur jouisse d'un surcroît d'activité, et l'on verra le système capillaire cutané éprouver une réplétion bien manifeste. C'est ce que l'on peut appercevoir aisément, après une course violente, dans la période de chaleur, d'un accès fébrile ou dans la manifestation d'une passion expansive, telle que l'amour, la colère, etc.

Cette aptitude à l'inflammation dont jouit l'appareil tégumentaire est, au reste, un fait bien précieux dans le traitement d'une foule de maladies où la méthode révulsive, doit être mise en usage, et l'on ne doit pas attribuer à une autre cause les heureux résultats de ce mode de médication.

Qu'il nous soit permis de dire en passant que, par l'effet d'irritations réitérées à sa surface, la peau peut acquérir une plus grande vascularité, et devenir, par là même, plus vivante. C'est ainsi que les Indiens ne manquent pas, pendant plusieurs jours, de frapper de verges l'esclave dont la peau servira à reconstruire le nez mutilé de son maître.

La peau de la face est la plus vasculaire. Mais l'organe cutané ne jouit pas de la même vascularité dans tous les points de son étendue, et certaines portions tégumentaires reçoivent proportionnellement une plus grande quantité de sang. En première ligne nous placerons la peau de la face.

Preuves anatomiques et physiologiques. Outre que la tête, par le voisinage du cœur, se trouve plus immédiatement sous la dépendance de cet organe, la disposition anatomique du système capillaire cutané de la face est telle que le sang peut y aborder avec une extrême facilité. La communication des artères du chorion avec les vaisseaux capillaires, y est, dit Bichat, plus directe que partout ailleurs (1). Qu'une injection, même grossière, soit poussée dans l'aorte d'un cadavre, le visage se colorera avec la plus grande facilité,

---

(1) Bichat, Anatomie générale.

tandis que les autres parties du système capillaire cutané admettront à peine la matière de
l'injection ; et sans doute ce n'est pas seulement
à cause de leur nombre , mais encore en vertu
de leur calibre que les vaisseaux capillaires de
la face sont plus apparents que partout ailleurs
et l'on ne peut se dispenser de leur reconnaître
une disposition érectile. Dans les autres points
de la peau le sang qui y aborde n'est pour ainsi
dire, qu'accidentel , tandis que sa présence est
normale dans les téguments des joues. Le même
irritant y appelle ce liquide en très-grande abon-
dance , tandis qu'il rougit à peine un autre portion de l'appareil cutané.

Aussi les passions , qui ont tant d'influence
sur le système circulatoire en diminuant ou
augmentant la force impulsive du cœur , se
manifestent-elles principalement par la coloration du visage ; on peut bien feindre des
mouvements musculaires donnant à la physionomie un aspect gai ou triste ; les yeux quoiqu'on soit habitué à les regarder comme le
miroir de l'âme peuvent bien exprimer des
sentiments qu'on est loin d'éprouver, mais ce
qu'il n'est pas possible d'imiter c'est le rouge
de la pudeur , la pâleur de la crainte , la coloration violacée de la face dans un accès de
fureur, etc. etc.

Preuves pathologiques. Nous avons déjà prouvé

par des raisons anatomiques et physiologiques: la plus grande vascularité de la peau du visage et les preuves pathologiques ne nous manqueront pas pour corroborer notre assertion. En effet , les maladies du système capillaire cutané telles que les anévrismes spongieux ou par anastomose , les tumeurs variqueuses , la telangiectasie , etc. , etc. y sont plus fréquentes que partout ailleurs. Les plaies des téguments de la face sont d'ordinaire plus saignantes et leur cicatrisation se fait moins attendre que dans les autres parties. D'un autre côté , c'est dans cette région que se présentent le plus souvent ces éruptions aiguës , si fréquentes dans le premier âge. Enfin l'érysipèle de cette partie est très-ordinaire , et dans presque toutes les fièvres éruptives telles que la variole, la rougeole, la scarlatine, etc. , etc. la peau du visage est la première à se recouvrir de l'exanthème caractéristique.

La teinte violacée de la face est un caractère que, présentent toujours les individus asphyxiés soit par strangulation , soit par submersion, soit par le gaz acide carbonnique , tandis que les parties inférieures n'offrent presque jamais cette coloration ; ce phénomène et aisé à expliquer. L'hématose ne se faisant plus et le sang noir passant , sans éprouver de changements du système veineux dans le système artériel , il est poussé par le ventricule gauche dans les capillaires de

la face et communique à cette partie la couleur
violacée. Celle-ci ne se manifeste pas sur les membres inférieurs non seulement parce que la mort
arrive avant que le sang veineux ait pu chemi-
ner jusque là, mais encore parce que les vaisseaux
des téguments y étant plus rares et d'un moindre
calibre, ils n'offrent pas au liquide un accès
aussi facile.

Considérations-pratiques. De ce que nous venons
de dire sur la vascularité de la peau du visage,
il résulte que la coloration de cette région peut
fournir au médecin observateur un précieux
moyen de diagnostic, et que l'on doit fréquemment interroger l'état du systême capillaire
facial qui se remplit ou se vide de sang, suivant
qu'il est sympathiquement affecté. Hippocrate
dans son livre des épidémies dit : que l'état des
yeux et la couleur de la peau sont des signes de la
santé de tout le corps, et il ajoute, qu'il est bien
naturel d'apercevoir au dehors des indices de ce
qui se passe au dedans (1). La rougeur uniforme
de la face dénote selon Baglivi, ou la pléthore
sanguine, ou l'inflammation d'un organe interne,
ou une intempérie chaude, ou enfin la corruption
d'un viscère; *omnis rubor faciei vel sanguinis copiam,*
vel internum phlegmonem vel callidam intemperiam,

---

(1) Hippocrate, Livre des épidémies, section IV.

vel visceris corruptionem denotat. On sait combien
la couleur plombée de la face survenant
dans l'ascite est un signe fâcheux ; tout le
monde a pu remarquer la coloration circons-
crite des pommettes chez les malades atta-
qués d'affections pulmonaires, et Sydenham
avait tellement de craintes, lorsque dans la petite
vérole la face restait pâle , qu'il employait des
vésicatoires pour faire reparaître la rougeur ha-
bituelle de cette région.

Les raisons que nous avons déjà données
nous paraissent assez péremptoires, pour que
l'on ne puisse mettre en doute la vérité de
cette question « *que de toutes les parties du corps
la face est celle où la peau offre le plus de vascularité* ». Il nous reste maintenant à chercher
quelles sont les autres portions de l'organe
cutané offrant une disposition analogue.

*La peau des régions supérieures est plus vascu-
laire que celle des parties inférieures.* On a depuis
long-temps posé en principe , que, *plus une partie est rapprochée du cœur plus aussi elle est
vasculaire.* C'est à peuprès entre le tiers su-
périeur du corps et les deux tiers inférieurs
que se trouve le centre circulatoire, et cette
position met nécessairement les parties supérieures dans une dépendance plus directe du
cœur. Aussi, la peau de ces mêmes parties
offre-t-elle une vascularité plus grande que

celle des membres abdominaux. Dans toutes
les affections, dépendant de ce que la force
impulsive du cœur a éprouvé une diminution d'intensité, la peau des parties inférieures
est toujours la première à être affectée; les
taches scorbutiques se manifestent d'abord aux
jambes et aux cuisses ; on sait combien dans
la vieillesse les plaies des téguments des membranes inférieures sont lentes à se cicatriser;
dans la gangrène sénile et dans celle qui résulte de l'exposition à un froid très-intense,
l'extrémité des pieds se mortifie d'abord et
ce n'est qu'ensuite que les autres parties sont
affectées successivement selon leur éloigne-
ment plus ou moins grand du cœur. Les
dermatoses chroniques, dont le siège d'après
M. Alibert, est dans le tissu propre du chorion,
sont plus fréquentes aux extrémités inférieures,
tandis que la peau des régions supérieures est
plus souvent affectée dans les dermatoses aiguës,
maladies, qui résident, d'après le même auteur,
dans le corps muqueux et le réseau vasculaire qui lui est sous-jacent (1). Enfin c'est
sur la peau des parties les plus éloignées
du cœur que dans les fièvres éruptives les
phénomènes exanthématiques apparaissent en

----

(1) Alibert, discours préliminaire à son grand ouvrage sur
les dermatoses.

dernier lieu. Peut-être cette dernière consi-
dération est-elle seule capable de nous donner
la clef du problème que nous cherchons.

S'il nous était permis de hazarder timide-
ment une opinion sur un sujet si susceptible
de contestation, nous pourrions émettre celle-
ci ; savoir : *que l'ordre suivi par la nature dans
la manifestation des symptômes exanthématiques peut
jusqu'à un certain point donner la mesure de la
vascularité des diverses portions de la peau du
corps* (1), et alors, en premier lieu, nous place-
rions la face, ensuite le cou, la poitrine, les bras
et les mains, puis l'abdomen et les parties pos-
térieures du tronc, et enfin les cuisses, les jambes
et les pieds (2).

---

(1) Ce qui du reste ne m'empêche pas de reconnaître
qu'il est un certain nombre d'affections morbides qui se
montrent particulièrement sur certaines parties de la peau
sans qu'on puisse déterminer la raison organique de cette
prédilection.

(2) Nous omettons à dessein de parler de la peau du
mamelon, et de celle qui recouvre la pulpe des doigts;
la disposition érectile du tissu capillaire est ici trop évidente
pour que nous puissions assimiler le mode de vascularité
de ces parties à celui du reste de l'appareil cutané. Nous
en dirons autant de la peau du penis qui nous paraît jusqu'à un certain point, participer aux propriétés érectiles
du tissu spongieux de cet organe.

TROISIÈME QUESTION.

SCIENCES CHIRURGICALES.

N.º 1053. *De toutes les variétés des hernies étranglées quelle est la plus redoutable* (1) ?

Une hernie est dite étranglée, lorsque les parties déplacées, non seulement ne peuvent pas rentrer, mais encore se trouvent serrées, comme par un lien; tellement que, si c'est une portion d'intestin qui fasse hernie, les matières ne peuvent progresser vers l'anus et il survient une série d'accidents, pouvant, par leur gravité, déterminer la mort du sujet, dans un grand nombre de cas.

----

(1) Cette question pour être résolue telle quelle, supposerait une classification donnée des diverses variétés de hernie étranglée. Nous avons consulté une foule d'auteurs qui ont traité cette matière, et ni Scarpa, ni Richter, ni Pott, ni les deux Cooper, etc., etc. n'ont pu nous fixer sur cette classification; alors nous nous sommes crus en droit d'envisager notre sujet d'une manière plus générale, et de mentionner seulement les circonstances capables de rendre plus grave le pronostic des hernies étranglées.

Une foule de circonstances peuvent rendre plus ou moins grave le pronostic des hernies étranglées. Les principales sont :

1° La nature de l'étranglement;
2° Le lieu où s'est formée la hernie et le siège de l'étranglement;
3° Le volume et l'ancienneté de la tumeur ;
4° Les viscères herniés,
5° L'âge, le sexe et la constitution du sujet.

I.

Les auteurs ont distingué trois espèces d'étranglement, mais laissant de côté l'étranglement spasmodique de Richter, quoiqu'il soit encore admis par des hommes justement célèbres (1), nous ne parlerons que des deux espèces que tout le monde s'accorde à reconnaître; je veux dire l'étranglement lent ou par engouement et l'étranglement aigu ou inflammatoire.

Le moins dangereux est sans contredit le premier. Dans celui-ci la maladie n'offre pas un

---

(1) Les raisons de Scarpa nous paraissent si concluantes. que nous croyons pouvoir nier, avec lui, l'étranglement purement spasmodique. Nous ne pouvons nous empêcher cependant de dire que le spasme complique très-fréquemment l'étranglement, et que le médecin doit avoir recours dans ce cas à la médication anti-spasmodique.

caractère promptement alarmant. La constriction que le collet herniaire ou l'ouverture apo-
névrotique exercent sur les viscères herniés est
nulle ou très-faible, et les accidents ne se manifestent que progressivement et d'une manière
assez lente. L'inflammation, qui peut survenir,
n'est pas la conséquence immédiate de l'étranglement; elle n'est ordinairement que la suite
de l'irritation entretenue dans l'intestin par le
long séjour des matières fécales. Du reste, ces
dernières, ainsi que les gaz stercoraux ne s'accu-
mulent guère que dans les hernies volumineuses
et anciennes des sujets avancés en âge et par
l'effet de la diminution de vitalité du tube
intestinal ; toutes causes rendant l'étranglement moins dangereux, comme nous le verrons
par la suite. L'opération a pu, dans des cas semblables, être retardée à quinze jours ou même
trois semaines ; sans que le sujet ait succombé.

Dans l'étranglement aigu, au contraire, les
symptômes les plus alarmants se manifestent au
début même de la maladie. A peine l'étranglement subsiste-t-il, que le malade se plaint
d'une vive douleur dans la tumeur, devenue
rouge et tendue. Bientôt tous les organes
contenus dans l'abdomen participent à cette
souffrance. Le ventre est dur et la moindre pression est insupportable. Des nausées fréquentes
tourmentent le malade et elles sont suivies de

vomissements d'abord de matières alimentaires,
puis bilieuses et enfin stercorales, tandis que les
évacuations par le fondement sont totalement
supprimées. L'estomac devient si sensible que
le plus léger aliment ne peut être gardé. Le
pouls est petit, la soif vive, le hoquet violent,
la physionomie décomposée d'une manière
effrayante. Une sueur froide inonde le visage
et se répand ensuite sur le tronc et les membres.
Mais bientôt la tumeur devient molle et comme
emphysémateuse, la peau qui la recouvre prend
une teinte livide, et dans cet état, la plus légère
tentative de réduction suffit pour la faire rentrer,
ou bien elle se réduit d'elle-même. La fièvre
devient moins forte, et le malade, malgré une
prostration extrême, se félicite du soulagement
qu'il éprouve, lorsque, soudain, il expire au
moment où il espère le plus une prochaine
guérison.

Il arrive cependant assez souvent, que les
symptômes d'étranglement ne se manifestent
pas d'une manière aussi prompte et aussi grave,
tellement que la maladie, abandonnée à elle-
même, ne se termine d'une manière funeste qu'au
bout de six, huit et même quatorze jours. La constriction est peu considérable d'abord; mais elle
l'est assez pour déterminer peu à peu l'engorgement et l'inflammation des tuniques intesti-
nales, et celles-ci augmentant alors de volume,

l'étranglement se manifeste d'une manière plus tranchée et avec un appareil plus formidable de symptômes alarmants, c'est à cette espèce d'étranglement qu'on a proposé de donner la dénomination d'*intermédiaire* (1).

II.

Plus est étroîte l'ouverture qui a donné passage aux viscères, plus le danger est grand dans l'étranglement. Les explications de ce fait sont si simples, qu'il me paraît inutile de les donner. Ainsi, les hernies inguinales sont plus dangereuses pour la femme que les hernies crurales, parce que chez elle, le canal inguinal est très-étroît et l'arcade fémorale très-large; tandis que le contraire a lieu chez l'homme, où ces deux ouvertures offrent une disposition inverse. L'étranglement est aussi d'autant moins redoutable que les parois de l'ouverture sont moins consistantes, moins tranchantes, pour ainsi dire, et moins susceptibles d'exercer une forte constriction. C'est pour cette raison que les hernies crurales, inguinales et ombilicales, offrent plus de dangers que les ventrales, les vaginales et les perinéales.

L'accident de l'étranglement dans les hernies

---

(1) Marjolin, thèse de concours.

est aussi d'autant plus redoutable, que l'opération, devenue nécessaire, est plus difficile à
pratiquer. Ainsi, l'étranglement externe met la
vie du malade en moindre danger que l'étranglement interne, ou celui que Dupuytren appelle
myxte, dans lequel la tumeur étranglée par le
collet du sac a été réduite au moyen de ma-
nœuvres imprudentes.

Relativement à la difficulté de l'opération,
on concevra aussi bien aisément pourquoi l'é-
tranglement serait plus à redouter dans une
hernie du trou obturateur ou de l'échancrure
sciatique, que dans un autre, où la cause de l'é-
tranglement pourrait être facilement détruite
par l'instrument tranchant.

Les adhérences des parois du sac, soit entre'elles, soit avec les viscères qu'il contient,
sont des complications toujours fâcheuses dans
les cas de hernie étranglée.

III.

C'est à tort, je crois, que M. Richerand dit
qu'une hernie est d'autant plus dangereuse
qu'elle est plus volumineuse et plus ancienne(1).

─────────────

(1) Grand dictionnaire des sciences médicales, Article
hernie.

En effet, quel est l'accident le plus redoutable
dans les hernies? C'est, sans contredit, l'étranglement aigu, et il nous est bien facile de dé-
montrer que les causes précitées ne favorisent
nullement sa manifestation. L'ouverture aponé-
vrotique, qui a donné passage aux viscères, est
tellement habituée à leur présence, qu'elle a
perdu, par ce fait, une grande partie de son
élasticité, et qu'elle n'est plus susceptible de
faire éprouver aux parties herniées une constriction capable de déterminer l'étranglement ;
que si M. Richerand entend par danger des
hernies, la difficulté de leur guérison radicale,
nul doute que l'on ne soit de son avis ; car, il est
impossible que malgré une grande habileté de
la part du chirurgien à réduire une hernie volumineuse et ancienne, et à la maintenir réduite
par un bandage approprié, les viscères n'aient
pas une grande tendance à se déplacer de nou-
veau, et que l'anneau distendu ultérieurement,
ne leur livre aisément passage.

Toujours est-il qu'une hernie petite et récente
est infiniment plus dangereuse, en ce que l'é-
tranglement survient avec la plus grande facilité
et que la constriction s'exerce d'une manière
plus efficace. « Le danger, dit Richter, est très-
»imminent quand il n'y a qu'une petite portion
»d'intestin de sortie ou de pincée; l'anneau, dans
»ce cas, est peu distendu, presse fortement, et

»l'intestin éprouvant immédiatement toute cette
»pression s'enflamme bientôt au plus haut de-
»gré » (1). Hey dit que plus une hernie est forte
et récente, et moins il y a d'espoir de la réduire
par le taxis. Enfin, le danger est au plus haut
point, lorsque la hernie s'incarcère au moment
de sa formation. C'est alors qu'il s'agit de dé-
ployer toutes les ressources de la chirurgie, et
d'en venir à une opération, dont la réussite est
toujours subordonnée à l'époque où on la pra-
tique. Alors doivent être mis de côté, et le taxis,
et les bains, et les purgatifs, et les lavements
irritants. Chaque instant perdu, est, nous le répé-
tons, une immense chance de moins pour
le succès, et il est du devoir du chirurgien de
ne pas commettre des fautes d'une si grave
portée. Les auteurs fourmillent d'observations
où la mort est survenue avec une effrayante rapidité. Un jour et moins suffit pour emporter
le malade, dit Boyer ; Pott a vu la gangrène
se manifester dans l'espace de huit heures, et le
baron Larrey rapporte qu'une hernie se forma,
s'étrangla et tua le malade dans deux heures
de temps.

Le cas est d'autant plus épineux dans des
circonstances semblables, qu'ordinairement la

_____

(1) Traité des hernies, chapitre X.

tumeur est peu ou point apparente, ce qui peut donner lieu à des erreurs très-graves de diagnostic. Les symptômes de l'étranglement peuvent être pris pour les manifestations d'une toute autre affection, telle que l'ileus, le miserere, ou même l'empoisonnement par une substance corrosive, et le praticien peu expérimenté, perdra, à combattre des maladies chimériques, un temps qu'il ne pourra plus retrouver.

Si donc un malade se présente avec des vomissements, du hoquet, des sueurs froides et autres symptômes de l'étranglement survenus à la suite d'un violent effort, le soin du médecin devra être de s'assurer si quelque hernie ne s'est pas formée, et si elle n'a pas été incarcérée au moment même de son apparition.

IV.

La connaissance des organes contenus dans une tumeur herniaire est très-importante pour porter un pronostic assuré. Le danger, comme nous venons de le dire, est des plus grands quand une petite portion d'intestin se trouve pincée. Il est moins considérable lorsqu'une plus grande anse intestinale est comprise dans la tumeur, parce que l'ouverture est nécessairement plus dilatée, et qu'une portion du mésentére descendue dans le sac, modère un peu la pression que subit l'intestin. Le pronostic

est encore moins défavorable lorsque la hernie
est un entero - épiplocèle. « L'épiploon, dit
»Richter, mou et gras, fait l'office d'une pelote
»molle qui diminue considérablement la cons-
»triction de l'anneau sur l'intestin (1)». Enfin,
l'étranglement d'une portion d'épiploon est le
cas de hernie incarcérée le moins dangereux,
parce que l'épiploon naturellement peu sensible
peut supporter une assez forte pression sans
s'enflammer. Cependant si l'étranglement est
assez intense pour que le sang ne puisse plus
circuler dans la portion herniée, la gangrène
qui survient peut donner lieu à des accidents
très-graves et même causer la mort du sujet,
comme Pott assure l'avoir vu plusieurs fois. Les
connexions intimes qui existent entre l'épiploon
et la plupart des organes abdominaux peuvent,
jusqu'à un certain point, rendre compte de la
gravité des symptômes qu'on observe dans ce
cas.

V.

On conçoit aisément combien les considérations d'âge, de sexe et de constitution peuvent
influer sur le pronostic des hernies étranglées.
Chez les femmes et les enfants, dont la fibre

---

(1) Ouvrage cité.

tendineuse n'offre pas autant d'élasticité que chez
l'homme, l'étranglement sera moins fréquent,
et lorsqu'il surviendra, les accidents qui en ré-
sulteront, auront une moins grande intensité.
D'ailleurs, comme la hernie étranglée occa-
sione le plus souvent la mort du sujet par l'inflammation et la gangrène, et que chez les
adultes, les phénomènes inflammatoires se présentent plus fréquemment et avec une plus
grande violence, il s'en suit que la hernie étranglée est toujours accompagnée d'un plus grand
danger chez l'adulte que chez l'enfant, cependant Pott a vu un sujet d'un an mourir dans
deux jours d'une hernie étranglée.

Chez les vieillards, les symptômes marchent
d'ordinaire avec beaucoup moins de rapidité.
Les parties constringentes offrent une laxité
plus grande, le passage est plus distendu, et les
parties soumises à l'étranglement sont bien
moins susceptibles d'inflammation. Aussi, obser-
ve-t-on rarement chez les vieillards l'étranglement inflammatoire tandis que le lent est très fréquent, cependant Pott fait observer que les hernies des vieillards ne sont pas toujours exemptes
de phénomènes inflammatoires et que ceux-ci
sont d'autant plus fâcheux que l'état de faiblesse
inhérent à cet âge n'est pas une circonstance favorable dans le traitement qu'ils réclament.

Nous avons fait observer plus haut pourquoi

chez les femmes l'étranglement des hernies inguinales était plus dangereux que celui des fémorales et pourquoi le contraire avait lieu chez l'homme.

La constitution du sujet peut augmenter ou diminuer le danger de l'étranglement. Certains individus naissent avec une prédisposition aux hernies. Richter, et avec lui beaucoup d'autres auteurs, les croit héréditaires et il cite même l'exemple de plusieurs familles dont tous les membres en étaient affectés. Chez les sujets disposés de cette manière, la hernie se forme spontanément, peu à peu, sans cause déterminante perceptible. Les ouvertures naturellement lâches se laissent distendre successivement davantage, en livrant passage aux parties déplacées, de manière qu'il est assez difficile qu'elles reviennent sur elles-mêmes, avec assez de force pour déterminer l'étranglement. Chez les sujets au contraire dont la fibre est dure, résistante, élastique, la descente s'opère brusquement, elle est petite et très-sujette à s'étrangler ; de manière qu'on peut poser en principe : *que la hernie est d'autant plus redoutable, que l'individu qui en est atteint y était moins disposé.*

Pour ce qui est du tempérament, il est aisé de voir que le danger dans l'étranglement sera d'autant plus grand que l'individu a plus d'aptitude à l'inflammation Le tempérament nerveux

exagéré est aussi une cause productrice d'accidents très-fâcheux. Chez les sujets qui en sont
doués, l'anxiété et la douleur sont aisément por-
tées au plus haut degré et la mort peut arriver
par le fait seul de la souffrance. Enfin : « dans
les sujets, dit Richter, dont les humeurs sont
viciées, acrimonieuses, toute inflammation devient aisément violente et gangréneuse. Aussi
le danger d'une hernie étranglée est-il toujours
plus grand chez les sujets cacochymes ».

Pour nous résumer :

*Qu'à la suite d'un effort violent, un homme de
vingt ans, robuste, d'un tempérament nervoso-san-
guin, présente les symptômes de l'étranglement, coïn-
cidant avec l'apparition d'une tumeur herniaire cru-
rale, contenant une très-petite anse d'intestin, le
danger sera aussi grand que possible.*

QUATRIÈME QUESTION.

SCIENCES MEDICALES.

N.° 1675. *De l'angine gutturale diphthéritique.*

Historique. Des notions précises sur cette maladie ont été données par un auteur bien ancien;
car on ne peut la méconnaître dans la descrip-

tion que fait Arétée de ce qu'on appelait de
son tems, *ulcère syriaque* ou *Égyptien*. Aspect des
surfaces attaquées, marche progressive de
l'affection, causes prédisposantes, symptômes
d'une mort prochaine, lorsque les voies aë_
riennes ont été envahies, tout a été noté, avec
la plus sévère exactitude, par ce fidèle observateur. Mais après lui, se présente une grande
lacune dans l'histoire de la maladie qui nous
occupe,

En effet, les médecins des siècles compris
entre le cinquième et le seizième ne paraissent
pas l'avoir rencontrée, puisqu'ils n'en font nullement mention dans leurs écrits. Peut-être aussi
que pendant ce long espace de temps elle n'a
pas sévi d'une manière épidémique, et que les
cas isolés qu'on aurait pu en observer, ont été
confondus avec d'autres affections.

Baillou en 1576 parle d'une affection orthop-
noïque qui se montra à Paris et y fit de grands
ravages. Cet auteur ne voit dans la gêne de la
respiration qu'une lésion symptomatique ; mais
on ne peut pas moins inférer de sa description
que le mal qu'il observait était bien l'angine diphthéritique. Il parle du reste, dans une de ses
observations, d'une pituite tenace, concrête,
trouvée dans une trachée-artère, ayant pu déterminer la mort en empêchant l'air de circuler
librement dans ce conduit, et nous croyons assez

probable que ses recherches auraient eu plus
souvent le même résultat, s'il ne les eut dirigées
d'une mani ère vicieuse , en cherchant des faits ,
qui pussent justifier les idées , qu'il avait émises,
sur la nature de la maladie.

L'angine diphthéritique a ensuite successivement et sans interruption parcouru divers points
des deux continents, et les observateurs n'ont
pas manqué pour la décrire. Différents noms lui
furent aussi donnés dans les région où elle régna.
C'est ainsi que les espagnols l'appelaient *garotil-
lo* , les italiens *male in canna* etc. etc. et du reste
les auteurs, quoique l'appelant de noms différents,
ne la décrivaient pas moins de la même manière,
malgré que leurs idées ne fussent pas identiques
sur son essence.

Fothergill et Huxam, vers le milieu du siècle
dernier crurent que ce qu'avaient vu leurs devan-
ciers était analogue à ce qu'ils eurent l'occasion
d'observer l'un à Londres , l'autre à Plimouth ,
et l'autorité de ces médecins entraîna dans
l'erreur la foule toujours grande de ceux qui se
laissent aller au prestige d'un nom célèbre. Aussi
leurs opinions prévalurent-elles; l'angine diphthéritique ne fut plus décrite que sous les
noms de maux de gorge gangrêneux , angine
maligne , et l'essence de la maladie fut plus que
jamais méconnue.

M. Bretonneau a depuis parfaitement démontré , dans son traité de la diphthérite, que les observations de Fothergill et de Huxam n'ont rapport qu'à des épidémies d'une angine , qu'il appelle scarlatineuse, ayant de grands traits de ressemblance avec celle qu'il a nommée diph-théritique , mais d'une nature différente (1).

Il nous paraît bien certain, qu'après la lecture de l'ouvrage de cet auteur, on ne peut conserver des doutes sur l'identité de l'angine maligne, du croup et de la gangrène scorbutique des genci-ves. Ces trois affections que l'on regardait naguè-res encore comme bien différentes , ne sont en effet , que les variétés de la même maladie Les nombreuses épidémies dans lesquelles MM. Bre-tonneau, Trousseau, Guersent etc., etc. ont vu la

---

(1) Voici les principaux caractères différentiels que M. Bretonneau établit entre l'angine gutturale diphthéritique et l'angine scarlatineuse; dans la première la fièvre est ordinairement très-faible tandis que la seconde est accompagnée du plus grand trouble dans toutes les fonctions. L'angine diphthéritique se propage avec la plus grande facilité aux canaux aërifères et cause la mort seulement par l'obstacle mécanique qu'elle apporte à la respiration , tandis que l'angine scarlatineuse n'a nulle tendance à envahir le larinx et si la mort survient elle est due, non aux désordres locaux , mais au trouble général de l'économie, aussi dans la première, le traitement local est-il suivi de succès marqués, tandis que son inutilité est bien constatée dans la seconde.

diphthérit ese présenter sous ses trois formes, ou
même les revêtir successivement chez les mêmes
individus, lèventtoute incertitude à cet égard, et
nous ne pouvons pas supposer, qu'une vérité
appuyée par le témoignage de tant de faits,
puisse être aucunement contestée.

Définition. On donne le nom de *diphthérite* à
une affection particulière, caractérisée, par
la formation spontanée sur la peau et les muqueuses de pseudo-membranes blanches et facilement putrescibles. L'angine gutturale diphthéritique est une maladie, dans laquelle les
productions membraneuses, dont nous parlons,
tapissent les amygdales, la luette, le voile du pa-
lais et l'isthme du gosier.

Marche de la maladie. Elle débute toujours par
une rougeur, le plus souvent faible, de l'arrière
bouche, le gonflement des amygdales et une lé-
gére gêne dans la déglutition. Ce dernier symp-
tôme, se présente cependant chez quelques
sujets d'une manière plus marquée. Chez le plus
grand nombre, la fièvre est peu forte et l'état
du malade ne fait concevoir aucune crainte à
ceux qui l'entourent. Cette période d'invasion
ordinairement très-courte, est suivie de l'apparition sur les parties affectées de taches circons-
crites d'un rouge plus vif et qui ne tardent pas
à se couvrir d'une mucosité coagulée, et demi-
transparente. Il s'y joint un gonflement, accom-

pagné de douleur des ganglions lymphatiques cervicaux et sous-maxillaires, et la difficulté d'avaler en devient plus grande. L'enduit membraniforme s'épaissit de plus en plus et offre un aspect différent, selon qu'il est circonscrit par une rougeur plus intense que celle du reste de la muqueuse et ressemble à une ulcération à fond lardacé, ou qu'il est simplement *enveloppant*, selon l'expression de M. Bretonneau, et recouvre les parties sous-jacentes. Dans ce dernier cas, le danger de l'envahissement des voies aëriennes est très-imminent.

Si l'on enlève ces concrétions, on trouve la membrane muqueuse injectée, pointillé, d'un rouge plus foncé, et laissant transuder du sang; l'enduit membraneux ne tarde pas à reparaître, il devient plus adhérent, plus pâle, et sa couleur, de blanche qu'elle était, passe au jaune, au gris et même au noir. Il n'est pas difficile de le confondre alors avec de véritables escarres gangréneuses, et l'on conçoit très-bien, que des observateurs inattentifs aient pu être trompés par ces apparences de mortification : si les concrétions sont *enveloppantes*, elles se détachent en lambeaux plus ou moins putréfiés, d'une odeur repoussante, et l'arrière-bouche présente l'aspect d'une partie sphacelée au plus haut degré; mais il n'est pas difficile de se convaincre que ces désordres ne sont qu'apparents, et que la muqueuse n'offre

aucune trace d'ulcération ou de déperdition de
substance, par le fait de la chûte d'une escarre
gangreneuse. M. Guersent l'a trouvée quelque
fois seulement un peu plus molle et comme
érodée à sa surface (1). Les parties ou l'enduit
était plus adhérent, sont comme retractées sur
elles-mêmes et cette circonstance n'a pas dû
peu contribuer à fixer l'opinion de ceux qui
prenaient pour des escarres les productions
membraneuses caractéristiques de l'affection
diphthéritique (2).

Souvent on observe un écoulement par le nez
d'un liquide jaunâtre, séreux, mêlé d'un peu de
sang et d'une odeur nauséeuse, ce qui est un
signe à peu près certain de l'envahissement des
fosses nazales. Cette dernière complication est
accompagnée assez ordinairement d'un épistaxis
très-abondant.

A ces symptômes locaux se joignent des phénomènes généraux, tel que la pâleur et la bouffis-
sure du visage, l'altération des traits, une fièvre
qui se rapproche de l'hectique de suppuration,
et si l'affection diphthéritique règne épidémique-
ment, il n'est pas rare de voir les plaies des vésicatoires et l'origine des muqueuses se recouvrir

---

(1) Dictionnaire de médecine et de chirurgie, art. angine
(2) M. Trousseau, a cependant vu deux fois la gangrène
se manifester sur les parties atteintes par la diphthérite.

de concrétions pelliculaires analogues à celles que l'on observe sur les parties primitivement affectées.

Une terminaison heureuse de la maladie peut être présagée, lorsque les fausses membranes tombent et se renouvellent successivement, mais en devenant de moins en moins épaisses. Elles finissent alors par disparaître entièrement. D'autres fois les concrétions se ramollissent de manière à former une sorte de bouillie qui est rejetée par l'expuition. Un troisième mode de guérison observé par M. Guersent, dans quelques cas d'angine diphthéritique sporadique est celui dans lequel les plaques très-adhérentes au corps muqueux, au lieu de se détacher, sont résorbées couche par couche, de manière à disparaître complètement (1).

Mais il n'arrive pas toujours que la maladie qui nous occupe se termine d'une manière aussi favorable. Dans des cas malheureusement trop fréquents, il en est autrement, et l'on peut dire que l'angine gutturale diphthéritique est toujours une maladie dangereuse, non par elle-même, mais à cause de sa tendance à se propager dans les voies aériennes.

Un des caractères les plus tranchés de l'affection diphthéritique, est la facilité avec laquelle

(1) Dictionnaire de Médecine et de Chirurgie. Art. angine.

elle envahit les surfaces qui environnent celles
où elle s'est primitivement déclarée, et ce qui
rend cette propriété de se propager encore plus
remarquable, c'est que le mal s'étend toujours
des parties superposées à celles qui sont plus
déclives: « àpeu près, dit M. Bretonneau, com-
»me un liquide qui s'épanche », or le larynx et
la trachée-artère se trouvant au-dessous de
l'arrière bouche, on conçoit combien ces parties
doivent être envahies avec facilité ; c'est ce qui
arrive un très-grand nombre de fois ; alors sur-
viennent la toux sèche , courte et sifflante , la
voix particulière caractéristique de l'affection croupale , les anxiétés , les accès de suffo-
cation de plus en plus fréquents et enfin la mort,
terminaison inévitable de la maladie , lorsque
la pseudo-membrane s'est formée dans la trachée
et les bronches.

Complications. L'angine diphthéritique peut
coexister avec plusieurs affections, et ces complications amènent toujours un surcroit de
gravité dans le pronostic. C'est ainsi que l'on
voit quelquefois la scarlatine épidémique coïn-
cider avec la maladie qui nous occupe. Alors la
fièvre est plus forte, et offre dans les vingt-
quatre heures plusieurs exacerbations. Des vomissements ont lieu accompagnés d'abord de
constipation et ensuite de diarrhée abondante
et fétide ; enfin de larges pustules apparaissent

sur la peau, et sont remplies d'une substance lardacée, analogue aux concrétions pelliculaires de l'arrière-bouche.

Il n'est pas rare aussi de voir survenir pendant le cours de l'angine gutturale diphthéritique, des symptômes d'une pneumonie catarrhale, et cette complication est d'autant plus à craindre que le mal est ordinairement méconnu à son début et que les signes locaux de l'angine, peuvent empêcher de reconnaître ceux de la broncho-pneumonie. Cependant la toux qui résulte de cette dernière est grasse, catarrhale et diffère essentiellement de la toux croupale qui est sèche, gutturale et accompagnée d'aphonie.

Contagion. Les auteurs qui ont écrit sur la diphthérite, sont en général d'accord que cette maladie est transmissible d'individu à individu, mais on ne connaît pas la manière, dont s'opère la transmission. M. Gendron, dans un mémoire inséré au journal des connaissances médico-chirurgicales, a établi par une foule de faits la possibilité de la communication de la diphthérite, et du reste les exemples ne manquent pas dans les écrits du dix-septième siècle qui ont trait à cette affection. MM. Bretonneau et Trousseau croient à la contagion quoique le premier ait essayé inutilement d'inoculer la diphthérite à des animaux, et que le second ait pu se piquer impunément avec une lancette enduite de matière diphthéritique. Du reste , comme le fait très-bien observer M. Guersent , une foule de maladies évidemment contagieuses, telles que la rougeole, la scarlatine, le typhus des armées, etc. ne se prêtent pas davantage à l'inoculation. Pour nous, il nous semble que le seul fait observé par M. Trousseau , d'une mère qui ayant donné à têter à son enfant atteint de diphthérite eut deux plaques de fausses membranes sur le sein , peut établir la contagion d'une manière rationnelle.

Nous croyons aussi que la tendance de la maladie à se propager aux parties les plus déclives est une preuve de plus en faveur de cette opinion· Car il est très-probable que la matière, qui s'écoule des parties primitivement affectées, irrite celles qui leur sont inférieures et détermine ainsi à leur surface l'inflammation diphthéritique.

Causes. L'étiologie de l'angine gutturale diphthéritique est des plus obscures. On l'a vue sévir avec une égale intensité dans des pays offrant les conditions atmosphériques les plus différentes. M. Trousseau a pu observer en Sologne que des villages, remarquables par leur position topographique et présentant toutes les garanties possibles de salubrité , ont été ravagés par la diphthérite tandis que des hameaux, situés dans des lieux marécageux et insalubres , ont été entièrement respectés. D'un autre coté le mal s'est montré avec la même intensité sous des influences thermométriques bien opposées, et ni le chaud ni le froid ne paraissaient influer en rien sur sa propagation.

Cependant on a remarqué que la misère semble être une cause prédisposante de la maladie dont nous nous occupons, et que l'enfant y est plus disposé que l'adulte, sans doute à cause de la facilité avec laquelle les muqueuses s'affectent à cette époque de la vie La maladie est d'ailleurs toujours plus dangereuse à cet âge, parce que dans le cas de propagation aux voies aériennes, celles-ci ayant une grandeur proportionnellement moindre que chez l'adulte, leur occlusion par la fausse membrane est plus prompte et plus complète.

Au reste, la difficulté de déterminer les circonstances capables de favoriser le développement de l'angine diphthéritique est peut-être encore un argument de plus, en faveur de ceux qui croient à sa propagation par la voie de la contagion

Traitement. L'angine diphthéritique, n'est comme nous l'avons déjà dit, qu'une affection locale; aussi convient-il d'abord de lui opposer une médication topique. C'est par ce seul moyen que l'on peut enrayer la marche trop souvent funeste de la maladie, et l'empêcher de se propager au

larynx et à la trachée-artère. Parmi les moyens
topiques, les acides tiennent le premier rang,
par la propiété qu'ils ont de modifier puis-
samment l'inflammation pelliculaire, et celui au
moyen duquel on obtient le plus sûrement ce
résultat, c'est l'acide hydrochlorique. Déjà les
anciens l'avaient préconisé dans les affections
de cette nature, et l'expérience de chaque
jour démontre en effet son efficacité. Selon
M. Bretonneau une application d'acide concentré vaut mieux que plusieurs cautérisations,
lorsqu'il est à un moindre dégré de concentra-
tion. Cependant si l'inflammation diphthéritique
n'est pas très-intense et que l'envahissement des
voies aëriennes ne soit pas trop à redouter, on
peut mitiger l'action de l'esprit de sel avec une
certaine quantité de miel rosat. Le moyen le
plus commode pour pratiquer la cautérisation
des parties, c'est d'imbiber de caustique une
éponge fixée à l'extrémité d'une baleine. et de
la promener à diverses reprises et légèrement
sur les organes affectés, toutefois en ayant eu
soin de l'exprimer convenablement, de peur que
quelques gouttes d'acide ne tombent dans l'œsophage.

On s'est servi également avec succès d'une
solution concentrée d'alun, ou bien même d'une
partie de nitrate d'argent dissoute dans six
parties d'eau distillée. Enfin, on peut toucher

les surfaces affectées, avec le nitrate d'argent
en substance, en ayant soin de le mouiller pour
rendre son action plus prompte et plus sûre. Il
est prudent, dans ce cas, de ne faire saillir
qu'une très-petite portion de pierre infernale,
et de bien fixer celle-ci, car des accidents
mortels résulteraient de l'ingestion d'une très-
petite quantité de ce puissant caustique.

M. Bretonneau a insufflé avec succès dans
l'arrière bouche, le calomel et l'alun réduits
en poudre impalpable; mais comme ces insuffla-
tions ont l'inconvénient d'irriter les parties
saines, et de provoquer la toux, il vaut mieux,
à l'exemple de M. Guersent, incorporer ce
médicament à une confiture difficile à fondre,
et recommander au malade de la garder autant
que possible dans la bouche.

On conçoit que toutes ces applications irri-
tantes doivent disposer les parties qui y sont
soumises à une phlogose toujours fâcheuse;
aussi est-il bien de faire alterner leur usage
avec celui de gargarismes mucilagineux et émol-
lients, tels que le lait, la décoction de racine de
guimauve, etc., etc.

Quoique M. Bretonneau se prononce assez
fortement contre l'usage des antiphlogistiques,
et particulièrement des sangsues, nous ne les
croyons par contr'indiquées, lorsque, par
exemple, la fièvre est forte, comme cela arrive

quelquefo's, et que les ganglions cervicaux sont dans un état d'engorgement considérable ; les bains tièdes peuvent aussi être très-utiles dans les cas précités.

L'efficacité des vomitifs est évidente dans les dernières périodes de la maladie, pour faciliter l'expulsion des fausses membranes, en sollicitant les contractions du pharynx. Quant aux rubéfiants et aux vésicants, ce n'est que lorsque l'angine gutturale diphthéritique est devenue *Croup*, qu'ils peuvent être de quelque utilité.

FIN.

Faculté de Médecine de Montpellier.

←⊱°⊰→

PROFESSEURS.

MM.
CAIZERGUES., Doyen.
BROUSSONNET.
LORDAT.
DELILE , Président.
LALLEMAND, *Suppléant*.
DUBRUEIL.
DUPORTAL.
DUGÈS.

MM.
DELMAS',
GOLFIN.
RIBES , *Examinareur.*
RECH.
SERRE.
J.-E BERARD.
RÉNÉ,
RISUENO D'AMADOR.

Auguste Pyramus de CANDOLE , professeur honoraire.

AGRÉGÉS EN EXERCICE.

MM.
VIGUIER.
KUHNHOLTZ.
BERTIN.
BROUSSONNET, fils.
TOUCHY.
DELMAS, fils *Examinateur.*
VAILHÉ.

MM.
BOURQUENOD , *Examinateur.*
FAGES.
BATIGNE.
POURCHÉ.
BERTRAND.
POUZIN.
SAISSET , *Suppléant.*
ESTOR.

La Faculté de Médecine de Montpellier déclare que les opinions émises dans les Dissertations qui lui sont présentées, doivent être considérées comme propres à leurs auteurs, qu'elle n'entend leur donner aucune approbation ni improbation.